minimal 谷川俊太郎短詩集

目次

I

II

Ⅲ

後記

I

襤褸

詩歌
在天亮之前
來到

梳理
亂糟糟的
語言

沒有任何
施捨
只是蒙受恩賜
從綻裂處
瞥見的
裸身
又是
我縫補的
襤褸

襤褸

夜明け前に
詩が
来た

むさくるしい
言葉を
まとって

恵むものは
なにもない
恵まれるだけ

綻びから
ちらっと見えた
裸身を

またしても
私の繕う
襤褸

小憩[1]

——寫于蘇州

松影映白牆
桃花空中綻放
新茶漸沉入杯底

散亂紙片上
寄託了一生
悔恨在他方

遠即近

近

亦遠

占卜逢吉

虛度了

這一日

譯註1　該詩為詩人二〇〇一年三月二十九日應邀訪問蘇州玄妙寺時所作。

小憩

——於蘇州

白壁に松の影
大気に開く桃の花
コップの底に新茶が沈んでいく

散乱する紙きれに
一生を託してきた
悔いは別のところにある

遠くが近い
近くが
遠い

占いは吉と出た
もったいない
このひと日

房間

宛若妖精
在房間飛轉的
四分音符

音樂
決不會
洩漏祕密

語言
徒勞的
求愛
向著寂靜
死去的
今天

部屋

妖精のよう
部屋を飛び回る
四分音符

音楽は
決して秘密を
明かさない

言葉の
空しい
求愛

静けさに
死ぬ
今日

拒絕

山
不拒絕
詩歌

還有雲
水
和星星

它拒絕的
總是
人
以恐怖
以憎恨
以饒舌

拒む

山は
詩歌を
拒まない
雲も
水も
星々も

拒むのは
いつも
ヒト
恐怖で
憎しみで
饒舌で

手腳

無依無靠的
今天
有手
有腳
也有肩膀
還有臉

發出語言
又將語言
收藏於心
在餐後的
盤子之間
與誰笑

手足

寄る辺ない
今日だが
手がある

足もそして
肩も
顔さえ

言葉を発し
言葉を
胸に収め
食べ終えた
皿をあいだに
誰かと笑う

坐著

在半陰半晴的午後
坐在沙發上
像剝出的蛤蜊肉
有不得不做的事情
卻又什麼也不做
心蕩神馳地

美的事物總是美的
醜陋的事物
也有美麗之處

只是在這裡
就很了不起
我變得不是我

站起來
喝水
水也了不起

座る

ソファに座っている
薄曇りの午後
剥き身の蛤みたいに

しなければいけないことがある
だが何もしない
うっとりと

美しいものは美しく
醜いものも
どこか美しく

ただここにいることが
凄くて
私は私じゃなくなる

立ち上がって
水を飲む
水も凄い

影子

靜靜流淌的河
低著頭
目送遠去的樹
變成沿著紅褐色牆壁信步的
影子
延伸到街頭

想把有形之物
溶在
大氣中

想把有語言的東西
靜靜地
歸還

在傍晚的床榻
等待
睡眠

影法師

おだやかに流れる河
こうべを垂れて
見送る木々

赤茶けた塀に沿って歩いた
影法師になって
町まで

かたちあるものを
大気に
溶かしたくて

言葉あるものを
静けさに
返したくて

夕闇のベッドで
眠りを
待つ

然後

若是到了夏天
蟬
還會鳴叫

煙火
在記憶中
凝結

遙遠的國度
雖然朦朧
宇宙就在眼前

人能一死
是何等的
恩寵

只是
將然後這連接詞
留下

そして

夏になれば
また
蟬が鳴く

花火が
記憶の中で
フリーズしている

遠い国は
おぼろだが
宇宙は鼻の先

なんという恩寵
人は
死ねる

そしてという
接続詞だけを
残して

依然如故

熟悉的死者
面對旅行箱
束手無策

靈魂都找膩了
面對端上來的杏仁豆腐
我們都是倖存者

雨停了
陽光微弱的天空明朗了
股市當街閃爍

一切依然如故
向著回憶
移動

あるがまま

親しい死者が
また旅行鞄を前に
途方に暮れて

タマシイを探しあぐねて
杏仁豆腐を前に
生き残っている私たち

雨がやみ
薄陽に空は明るみ
市況が街にまたたく

すべてはあるがまま
動いていく
思い出に向かって

明信片

泛黃的
明信片
還在

削去
沉積的
時光

直到清透的
血
滲出
死亡帶來
夢幻的
肌膚

葉書

黄ばんだ
葉書が
残っている
降り積もった
時を
けずる

透き通る
血が
滲むまで
死がもたらす
幻の
肌

II

水

失去學習對象的心裡
裝滿了
無法學習的東西

眼裡映著花影
鼻子聞著
魚的內臟

語言的
濁流
湧進耳朵

衰老的舌頭
發癢的皮膚
顫巍巍的身體

口裡
含著水
仍還是渴

水

学ぶものを失った心に
学べないものが
満ちている

目には花影
鼻は魚の
はらわたを嗅いで

耳に流れこむ
言葉の
濁流

老いた舌
痒い皮膚
ゆらぐカラダ

口は
水を含んで
なお渇く

嘆息

葉脈
在晨光中
透亮

天空
隱藏起
星星

哭泣的幼兒
笑得恍惚
汗與血與尿

如此
無懈可擊的
自然

不為死
生悲
只為活著嘆息

嘆く

葉脈は
朝の光に
透け
空は
星々を
隠す

泣く児
笑う恍惚
汗と血と尿

こんなにも
完璧な
自然

死は
嘆かず
生を嘆く

夜晚

夜晚
不知從何處
響起水滾的聲音

微量的
毒是
藥

人
不經意地
侵犯人

沒有語言
流動的
心

向著人
向著黑暗
向著微弱的燈火

夜

夜
どこからか
湯のたぎる音
微量の
毒は
薬

ヒトはヒトを
侵す
気づかずに
言葉なく
流れる
心

ヒトへ
闇へ
僅かな灯火へ

靜物

又復原成畫布上的
靜物
猶如故鄉

然後被路上成群結隊
喧嘩的眼睛
凝視

成為水罐中的水
成為一串葡萄
成為垂下的布

夢早已醒來
卻無法從畫框
這種靜默裡逃離

暴露在
饑渴且
漠不關心的目光下

静物

また画布の上の
静物に還ってきた
古里のように

そして見つめられる
路に群れている
喧しい眼に

水差しの中の水になって
一房の葡萄になって
垂れ下がる布になって

夢はとっくに覚めているのに
額縁から出られない
この静けさから

飢えながら
無関心な眼に
曝されて

窗

發生的事情
如此單純
它的緣由卻錯綜複雜

來自窗口的陽光
照不到
心裡面

午後
老鼠在天花板上
逃竄

打開的窗
與扁平的液晶
無限重疊

從這裡
看不見
你的眼睛

窓

起こってることは
こんなに単純なのに
その訳はこんぐらかって

窓からの陽射しが
心の中まで
さしてこない

天井裏を
鼠が走る
午後

平たい液晶に
限りなく重なって
開いている窓

そこからは
見えない
君の目

歌聲

是誰
在歌唱著
我
以雲的曲調
以樹木的
和聲

遲早會停止
心臟的
韻律

但歌聲持續
讚美著
你

在河底
流動著
水的旋律

在廢墟上
響徹著
夜的休止符

歌

誰かが
私を
歌っている
雲の調べで
木々の
和声で

いつかやむ
心臓の
韻律

だが歌は続く
君を
讃えて

川底に
流れる
水の旋律

廃墟に
響く
夜の休止符

正午

蛇
在落葉上
爬行

甲蟲
在樹洞裡
假寐

人
走出
這個正午

對光亮
失明
心空空蕩蕩

額上有疤
臉上有痂
胸前有刺青

背上
擔負著
曾經的愛情

真昼

蛇は
落ち葉の上を
這っている
甲虫は
木のうろで
まどろんでいる

ヒトは
歩き出す
この真昼

明るさに
盲い
心は空っぽ

額に疵
頬にかさぶた
胸に刺青

背にかつて
愛だったものを
負って

小石塊

時間
使我
變得愚鈍

棱角
被日子的漣漪
磨損

黑黝黝的
肌膚
映著天空

在幼兒的
手掌上
恍惚不定地

跌落而下
向著無恥
……向著無

小石

時が
私を
鈍らせる
圭角は
日々の漣に
磨かれ

青黒い
肌は
空を映し

幼児の
掌上で
恍惚として

転がり落ちる
無恥へ
……無へ

臉

臉
在世界上
只有一張

臉是
露出的
命運

在鏡子深處的
黎明裡
困惑

找膩了
另一張
臉

在心靈的夜晚
等待最後的
日出

顏

顏
世界で
ただひとつの
顏
露頭した
運命

鏡の奥の
薄明に
惑い

もうひとつの
顔を
探しあぐねて

心の夜に
最後の
日の出を待つ

羊水

沉默寡言
人
在遠方
古老的
華爾茲
響著

聽得見
夢的
靜寂
現在的過去
過去的
現在
羊水的
竊竊
私語

羊水

黙って
人は
遠くにいる
古い
ワルツが
鳴って

夢の
静寂が
聞こえる

今の昔
昔の
今

羊水の
ひそやかな
囁き

Ⅲ

嘻嘻嘻

女人說
我生了條魚兒
又馬上放回了大海
嘻嘻嘻抿著嘴笑
我走在大街上
人厭倦了人

之後要做什麼好呢
去見
死去的朋友吧

什麼都不瞭解
一無所知的我
姑且翻開了口袋書

唯有所謂好天氣
才會湧上
心頭

ふふふ

お魚を産んだわ
と女が言う
すぐ海へ放したと

ふふふと含み笑いして
私は街の中
ヒトがヒトにうんざりしている

これから何をしようか
死んだ友だちに
会いに行こうか

何も分かっていない
何も知らない私は
ひとまず文庫本を開くが

いい天気だということしか
心に
浮かばない

睡床

那個女人在睡覺
另一個女人大概也是
正為回到幼年痛苦不堪

被遮掩的乳房深處的
跳動的心臟
鐫刻時光

生命泛香在
微暖的
床單之間

睡床
一邊夢想愛情
一邊醞釀罪惡

寝床

あの女は眠っている
別のあの女も多分
幼女に戻って苦しんでいる

隠された乳房の奥の
脈打つ心臓が刻む
時

生は香る
なま暖かい
敷布の間で
愛を夢見ながら
悪を醸す
寝床

我

受惠於
乳房
輕微的聲響
受惠於
銀河
和葉上的螞蟻

那時
在
那裡

那就是
我
回歸大地

私

乳房に
恵まれて
微かな音に

天の川に
葉の上の蟻に
恵まれて

その時
そこに
いた

それが
私

土に返る

血

男人
為戰鬥
流血

女人的血
是為了
新的生命

子宮
不歌唱
華彩樂章[1]
可疑愛情的
最後的
堡壘

譯註1　cadenza亦稱裝飾奏，是指演奏者或演唱者以即興或非即興方式，展現華麗技巧的段落。多出現在協奏曲中。

血

男は
戦いに
血を流し
女の血は
新しい
生命のため

子宮は
歌わない
カデンツァ
疑わしい愛の
最後の
砦

某日

啊啊
啊啊
烏鴉叫著
為早晨的
訃告
安心

友人
悄悄地
懷孕
扔掉
過期的
點心
午後
我懷疑起
自己

ひと日

ああ
ああと
鳥が喚き

朝の
訃報に
安堵する

友人の
ひそやかな
妊娠

朽ちた
干菓子を
捨てて

己を
あやしむ
午後

味道

權威
在哪兒都不
存在

只是
裸露的
性器

挺立著
凹陷著
夜晚
已經稍有
虛偽的
味道

味

権威は
どこにも
ない
ただ
剥き出しの
性器が

立っている
凹んでいる
夜

既にかすかな
偽りの
味

冬天

枯枝是
世界的
骨骼
靜謐是答案
寂寥是
歡愉

不知何故
忘了
為什麼
走過
樹叢的
冬季

冬

枯れ枝は
世界の
骨

静謐が答
寂寥は
快楽

何ゆえか
何故を
忘れ
木立を
歩く
冬

泥土

記憶是
濃密的
暮色

在衰老中
連後悔也
是微弱的光

已不再綻放
花朵們的
種子

現在也繼續播種
讓泥土
歌唱

泥

記憶は
濃い
夕闇

悔いも
老いには
かすかな光

もう咲かない
花々の
種子

今も蒔き続け
泥を
歌わせる

花瓣

音樂
苦澀的
回聲

回憶濡濕
記憶
乾涸

肆意蔓生的
百合的
花瓣
虛空裡
也充滿
蜜

花弁

音楽の
苦い
谺
思い出が濡れ
記憶は
乾き

野放図な
百合の
花弁
虚空にも
満ちる
蜜

這樣

不寫也無妨
但還是這樣
寫下

鉛灰色的
記憶中
風平浪靜的海

與其
對一個人交談
不如寫下

小小的
碼頭上的
濕掉的沙

非語言之物
憑靠於
胸

踩出的路
延伸到
海角

こうして

書かなくてもいいのに
こうして
書いて

鉛色の
記憶の中の
凪いだ海

ひとりのヒトに
話すかわりに
書いて

小さな
船着き場の
濡れた砂

言葉ではないものが
胸に
もたれて

岬へと
つづく
踏みつけ道

後記

あとがき

後記

幾年前，曾想過遠離詩歌一段時間。並不是說在創作上遭遇了瓶頸，恰恰相反，可以說我對這個寫詩寫得太過輕鬆、甚至變得只能用詩的眼光去看待現實世界的自己感到厭煩。或許這就是侵擾長久以來一直寫詩的人，一種像職業病一般的東西吧！

即使如此，有邀稿還是一點一點繼續寫，受已故詩人辻征夫的邀請，去參加了「余白句會」，現在想來或許是對之前一直抗拒的俳句這種簡短的體裁抱有一種期待吧，說不定能靠它找出一條相異於現代詩、通往現實的道路。但寫著寫著，我開始覺得，這種體裁對我來說還是太短了。

恰在此時我有機會去中國。或許是旅途的無憂無慮吧，竟意想不到地誕生了幾首短詩。可能是在不知不覺之間與俳句——或是某一類唐詩所擁有的、與饒舌相對立的東西——達成了同一步調，從中國回來後我也隨性創作了一些語句簡短、三行一段的短詩，並在不覺間把它們命名為minimal。

雖然想保持沉默、想歸於沉默後重新進行創作這種下意識的欲求，使我選擇挑戰未知的短詩這一體裁，但即使體裁發生變化，我自己卻沒有發生任何改變。濟慈曾言，詩人是變色龍，詩人的本質是無我（non-self），我想我至死都不會忘了這句話。

二〇〇二年八月　谷川俊太郎

あとがき

何年か前、しばらく詩から遠ざかりたいと思ったことがあった。詩を書くことに行き詰まったのではなく、反対にあまりにイージーに詩を書いてしまう自分、現実を詩の視線でしか見られなくなっている自分に嫌気がさしたと言えばいいのだろうか。長く詩を書き続けてきた人間を襲う、職業病のようなものかもしれない。

それでも注文があればぼちぼち書いていたし、故辻征夫の誘いにのって「余白句会」に遊びに行くようになったのも、それまで反発していた俳句という短い詩形に、いわゆる現代詩とは違う現実への通路を見つけられるのではないかという期待があったからだろう。だが、書いているうちに、この詩形は自分にはいくらなんでも短すぎると思うようになった。

その間に中国へ行く機会があった。呑気な旅のつれづれから、いくつかの予期しない短詩が生まれた。俳句とそれからもしかするとある種の漢詩のもつ、饒舌とは対極にあるものに、知らず知らずのうちに同調していたのだろうか。帰ってからも私は行脚の短い、三行一連の詩を気の向くままに書き続け、いつの間にかそれらを*minimal*と名づけていた。

沈黙したい、もう一度沈黙に帰って新しく書き始めたいという意識下の欲求が、私にとっては未知のものであるこんな短い詩形を選ばせたのだと思うが、詩形は変わっても、私自身が変わったかどうかは覚束ない。キーツは詩人はカメレオンだ、詩人の本質は*non-self*だと言っているが、その言葉を多分私は死ぬまで忘れることが出来ないだろう。

二〇〇二年八月　谷川俊太郎

本書詩作原刊載於《現代詩手帖》二〇〇二年五月號～七月號。
部分詩作經作者修訂與改寫，重新由日本思潮社出版。

minimal 谷川俊太郎短詩集

作者——谷川俊太郎
譯者——田原
設計——賴佳韋工作室
排版——賴譽夫
特約編輯——王筱玲
責任編輯——林明月
發行人——江明玉
出版發行——大鴻藝術股份有限公司　合作社出版
地址——台北市 103 大同區鄭州路八十七號一一樓之二
電話——(02)2559-0510
傳真——(02)2559-0502
電郵——hcspress@gmail.com

總經銷——高寶書版集團
地址——台北市 114 內湖區洲子街
　　八十八號三樓
電話——(02)2799-2788
傳真——(02)2799-0909

二〇一九年八月初版
定價三〇〇元

最新書籍相關訊息與意見流通，請見
合作社出版臉書專頁
臉書搜尋：合作社出版
如有缺頁、破損、裝訂錯誤等，請寄
回本社更換，郵資由本社負擔。

國家圖書館出版品預行編目 (CIP) 資料

minimal：谷川俊太郎短詩集／谷川俊太郎著；田原譯.
-- 初版 .-- 台北市 : 大鴻藝術合作社出版 , 2019.08
160 面 ; 13×18 公分
ISBN 978-986-95958-5-8（平裝）

861.51　　108012439